Blaiddi

10

Argraffiad cyntaf — Tachwedd 2010

© Testun gwreiddiol: Jonathan Shipton 2010
© Darluniau: Jenny Williams 2010
© Testun Cymraeg: Bethan Gwanas 2010

ISBN 978 0 86074 266 1

Dylunio: Elgan Griffiths

Mae'r cyhoeddwyr yn cydnabod cefnogaeth ariannol
Cyngor Llyfrau Cymru.

*Cyhoeddwyd gan
Wasg Gwynedd, Pwllheli*

Blaiddi

Jonathan Shipton
a Jenny Williams

Addasiad
Bethan Gwanas

Gwasg
Gwynedd

Un tro,

yr ochr draw i'r goedwig,

roedd 'na
ferch fach
yn byw.

Ger y goedwig roedd cartre BLAIDD oedd fymryn bach yn wahanol.

Doedd y blaidd yma byth yn bwyta POBL nac yn brathu neb chwaith, ond DOEDD NEB YN EI GREDU.

Dim ond iddyn nhw weld ei draed mawr hyll

a'i ddannedd milain, miniog –
i ffwrdd â nhw
nerth eu traed, gan
SGRECHIAN!!

Dim ond eisiau chwarae oedd y blaidd.
Ond dim ond taflu cerrig ato fyddai pawb –
cerrig MAWR oedd yn ei FRIFO!

Felly torrodd y blaidd ei galon,
a chropian dros y bryniau
a thrwy'r coed, i fyny i ganol
y mynyddoedd.

Weithiau
byddai'n sbecian,
ond gan amlaf
byddai'n aros yn ei
ogof unig,

ac yn udo'i hun
i gysgu.

9

Wel, fe dyfodd y ferch fach yn fwy.
Byddai'n helpu ei mam yn yr ardd,
ac yn cyfri'r ieir.

Roedd hi'n wych

am ddringo coed!

Ond un diwrnod,
a hithau heb ddim byd i'w wneud,
cydiodd yn ei basged
a mynd am dro.
Wnaeth hi ddim sôn wrth ei mam,
dim ond mynd am dro bach oedd hi.

Ond aeth o'n dro hir

A dyna sut
y daeth hi
at gyrion
y goedwig fawr.

Doedd y ferch fach
ddim i fod yn y coed
ar ei phen ei hun.

Ond roedd hi wedi anghofio

ar ôl gweld mwyar duon mawr
yn hongian yn yr haul.

Mwyar â blas
mwy arnyn nhw.

A mymryn ymhellach ymlaen

roedd 'na gnau,
pilipala
a mwsog melyn.

Roedd hi'n cael andros o hwyl . . .

nes iddi sylweddoli
yn sydyn
ei bod hi
AR GOLL!

16

Roedd yr haul
yn machlud,
a'r cwbwl oedd
i'w weld oedd coed
a mwy o goed.

Eisteddodd y ferch fach ar
fonyn coeden
a theimlo'n
drist iawn.

Wnaeth hi ddim
crio'n
uchel . . .

17

ond roedd hi'n crio'n
ddigon uchel
i glustiau mawr llwyd
y blaidd ei chlywed
ymhell bell i ffwrdd
yn ei ogof.

Mewn chwinciad,
cododd ar ei draed,
llithro i lawr y llethrau,

drabowndio drwy'r dŵr,

carlamu drwy'r coed,

ac yna . . .
gydag un naid
ANFERTHOL . . .

sglefriodd i stop

o flaen y bonyn coeden.

Roedd y ferch fach wedi
dychryn cymaint, anghofiodd hi grio.

Edrychodd y blaidd ar y ferch fach.
Edrychodd y ferch fach ar y blaidd.

Mae'r blaidd am fy mwyta i! meddyliodd y ferch fach.

Mae'r ferch fach am SGRECHIAN! meddyliodd y blaidd.

Ond, na.

Dyma'r ferch fach yn mwytho pen y blaidd.
Gwenodd arno a dweud, 'Haia, Blaiddi bach.'

Wel . . . doedd neb erioed wedi
GWENU ar y blaidd o'r blaen.

Roedd o mor hapus,

neidiodd yn syth i ganol y dail
ac udo, 'HA–WWWW–WW!'

Roedd o'n edrych mor wirion,
dechreuodd y ferch chwerthin a chwerthin.

Felly neidiodd
y blaidd i'r awyr

a rhedeg ar ôl ei gynffon,
rownd a rownd a rownd.
A mwya'n y byd roedd o'n troi,
mwya'n y byd roedd hi'n chwerthin.

Roedd hi wedi anghofio pob dim am fod
ar goll nes iddi glywed sŵn,
'GWDI-HŴ-Ŵ-Ŵ!'

Stopiodd chwerthin
yn syth.

Roedd hi eisiau
mynd adre.

Ond . . . sut oedd
mynd adre?

25

Doedd y blaidd ddim yn hoffi gweld ei ffrind
yn edrych mor drist. Roedd o am ei helpu hi.
Ac roedd o'n gwybod pa ffordd i fynd.

Ond roedd arno ofn y cerrig caled
a'r sgrechian mawr.

Felly doedd o wir ddim eisiau mynd.

DDIM O GWBL!

A dyna ddiwedd y peth.

NAGE WIR!

Yn sydyn, newidiodd Blaiddi ei feddwl.

Cododd y ferch fach ar ei gefn, ac i ffwrdd â nhw ar garlam drwy'r goedwig.

Ar ôl iddyn
nhw
gyrraedd
y tŷ'n
ddiogel,

cafodd y ferch fach
GWTSH mawr braf
gan ei mam.

A beth gafodd
Blaiddi?
DIM BYD!

Er ei fod o'n
flaidd annwyl iawn,
a byth yn
bwyta pobl nac
yn brathu neb.

Ond fyddai neb yn credu
hynny, fydden nhw?

31

Wel . . . neb ond
y ferch fach . . .
ac efallai . . .

gyda 'chydig o lwc . . .

mam y ferch fach?